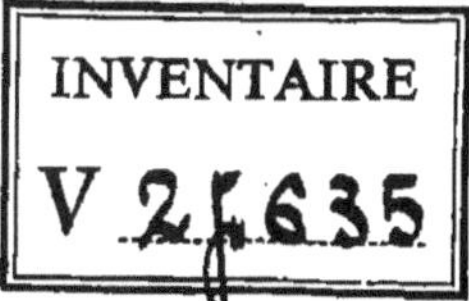

SALON DE 185

PAR

EUGÈNE LOUDUN

PRIX : 50 CENTIMES.

PARIS
LE ÉDITEUR, RUE DU ROI
Et chez tous les marchands

LE
SALON DE 1852

PAR

EUGÈNE LOUDUN.

PRIX : 50 CENTIMES.

PARIS,

L. HERVÉ, ÉDITEUR, RUE DU FOUR-S.-GERMAIN, 33;
Et chez tous les Marchands de nouveautés.

1852.

DIJON, IMPRIMERIE DE Mme NOELLAT.

LE SALON DE 1852.

L'impression que l'on emporte du salon, après l'avoir longtemps étudié, est triste : l'exposition est médiocre. Peu de grandes œuvres ; presque rien du premier ordre ; en revanche, beaucoup de ce qu'on est convenu d'appeler de *bonnes choses*, c'est-à-dire, des œuvres qui n'exigent aucun enthousiasme, qui ne remuent pas, mais devant lesquelles on s'arrête un moment en disant : c'est bien ! — puis l'on passe et l'on oublie. Il semble que cette composition du salon convienne à la disposition de nos esprits. On a été tellement secoué, depuis quatre ans, par les mouvements contraires, qu'on se laisse aller, avec une sorte de jouissance, à la torpeur ; il ne faut rien qui excite, qui oblige à sortir de cette atonie ; on a assez des torrents mugissants et rapides qui emportaient à travers les sublimes horreurs ; on se trouve arrivé à un lac immobile, on laisse dériver la barque où il lui plaît, mollement étendu dans un demi-sommeil et le silence.

Cependant, plusieurs œuvres signées d'un nom connu appellent l'attention ; quelques autres, en plus petit nombre, la méritent par d'éminentes qualités. L'examen que je veux en faire ne sera pas au point de vue des artistes, ou au profit d'une école, mais au point de vue du public. Le public n'est point frappé par les qualités secondaires ; les grandes, seules, le touchent : celles du sentiment et de la pensée. Pour lui, la peinture est encore ce qu'elle était au temps de Simonide, une *poésie muette*, et les mêmes principes règlent l'une et l'autre. Pour la peinture comme pour la poésie, le vrai seul est beau.

Devant tout tableau, je me suis posé trois questions : —Y a-t-il une pensée? — Quelle est cette pensée? — Comment la pensée est-elle traduite? — S'il n'y a pas de pensée, l'ouvrage est indigne d'être regardé. « Qu'on ne rende pas agréable, dit Saint-Augustin, ce qui est inutile. » Qui n'affirme rien, dans les arts, parle aux sens; et parler aux sens, c'est être funeste et détestable, au point de vue artistique autant qu'au point de vue moral. — Si la pensée est vicieuse ou basse, l'ouvrage est mauvais; « l'art vit de l'esprit, le matérialisme est sa mort. » — Si elle est mal rendue, l'ouvrage est médiocre. Ce sera là la base de mes jugements.

Les bonnes œuvres de l'exposition ne sont malheureusement pas du genre supérieur, mais des genres secondaires. Ce n'est pas la foi ou la pensée dramatique qui a inspiré de grandes scènes historiques ou religieuses, là où le talent développe sa puissance de composition, de passion; s'il y en avait deux ou trois, le salon serait sauvé. Non, les belles œuvres, aujourd'hui, ce sont des représentations matérielles : portraits, paysages, fleurs, animaux,—l'homme immobile, la nature muette et la brute.

Voilà pourquoi je commence par un portrait.

Le portrait de Mme *** (la marquise de Crillon), par M. Léon Cogniet, est l'œuvre capitale du salon. Madame de Crillon, femme de plus de 50 ans, est représentée à mi-corps, droite, debout, de face, dans une attitude simple, les deux mains l'une sur l'autre, au bas de sa poitrine. Rien de cherché; le peintre est absent, on ne voit que le modèle : ton, dessin, tout est vrai et naturel; l'attention des connaisseurs n'est appelée que sur les mains, parce que, qualité rare, elles sont admirablement exécutées, aussi parfaites de dessin que de coloris; on sent la vie dans le sang qui coule, dans les chairs fermes et qui ont de la profondeur, dans la physionomie noble et reposée. Mais ce n'est pas tout : ce qui fait de ce tableau le chef-d'œuvre de l'exposition, c'est qu'il a un caractère. Il n'était pas nécessaire qu'un double écusson figurât au haut de la toile pour qu'on découvrît que cette femme est distinguée. Dans cette attitude ferme, dans ce regard arrêté, dans cette bouche fine, dans toute cette figure aux lignes sévères, on reconnaît la femme de race. Cette femme a un salon où ne pénètrent pas les premiers venus ; la conversation qu'on tient avec elle ne saurait être commune ; elle doit être environnée de respect, d'un respect dont la tradition se perd, et qui est comme un reflet d'une société déjà éloignée. C'est ainsi qu'un peintre fait penser ; derrière sa toile, il y a une autre image vaguement entrevue, une image idéale que l'art rend autant qu'il est en lui, par les moyens humains ; et l'impression que l'on emporte n'est pas seulement une admiration stérile pour le talent de l'artiste, mais un souvenir fécond, plein de méditations, de comparaisons et d'enseignements.

Si l'on veut davantage apprécier le beau portrait de M. *Cogniet*, on n'a qu'à se retourner : vis-à-vis se trouvent *trois portraits de femmes*, par M. Dubuffe, non pas le père, mais le fils ; il est bon de le noter, on pourrait s'y tromper. M. Dubuffe, qui semblait, depuis quelque temps, chercher une voie plus sérieuse, a été emporté par la force du sang, et il est revenu à la manière de convention qui a fait la fortune de son père. Ces trois femmes sont superbement habillées de satin et de dentelles ; elles sont jeunes, elles sont belles, mais elles sont bêtes. Deux d'entre elles, vues de face, semblent dire au spectateur : « N'est-ce pas que je suis une belle femme ? » L'autre, plus modeste, accoudée et de trois quarts, tient à passer pour rêveuse et fine ; mais, en réalité, elle ne rêve pas, elle pose. De partout suinte la vanité, et le faux, et l'apprêté. Tout cela sonne creux. Avec les deux premières, il faudrait s'épuiser en compliments, leur parler bals et opéra ; la dernière aurait des prétentions à l'esprit : on lui ferait une cour romanesque et sentimentale ; c'est à faire fuir un honnête homme. Mais aussi, elles sont peignées, peintes, attifées, lustrées en perfection, les robes reluisent : cela met en extase tous ceux qui n'ont que des yeux.

Un autre portrait, qui plaît beaucoup, est celui d'une jeune blonde, à grosses boucles et en robe bleue, de M. Landelle. Il est meilleur que ceux de M. Dubuffe ; car le modèle, s'il est vide, au moins n'a pas de prétentions. Mais chez ce peintre, encore, absence complète de pensée. Et, pour s'en convaincre, qu'on regarde les deux tableaux religieux, placés à côté de son portrait : *Bien heureux ceux qui pleurent*, et *bien heureux ceux qui ont le cœur pur*. Je vois bien des gens qui lèvent les yeux au ciel, mais où est l'inspiration ? Ces jeunes hommes, ces jeunes femmes sont forts gentils, gracieux : ils figureraient agréablement dans un salon ; mais je doute qu'ils aient grande soif des biens du ciel, et qu'ils aspirent fort à quitter ceux d'ici-bas. — Si M. Landelle fait de la peinture religieuse de salon, M. Seurin en fait de boudoir, et M. Henri Scheffer (qu'il ne faut pas confondre avec son frère Ary) de presbytère luthérien : *Trahit sua quemque voluptas*. Pour représenter *Marthe* et *Marie* devant le Sauveur, M. Seurin n'a trouvé rien de mieux que de portraire de jolies lorettes du quartier Breda. Il vient, à les regarder, les pensées les plus mondaines ; cela fera très bien dans le boudoir d'une de ces dames.

La famille protestante lisant la Bible, de M. Scheffer, au contraire, présente un assemblage triste et morne de raides personnages secs et glacés : ce père a les traits si rigides, cette mère est si prude, ces enfants sont si sérieux ; tous, si graves, si puritains, si guindés, si revêches, si peu émus, si peu aimables, que c'est à donner envie de devenir catholiques à ceux qui ne le sont pas.— Ah ! qui nous rendra... non pas Raphaël, non pas Lesueur, non pas Van-Dyck... non pas même Jouvenet, mais ces inhabiles peintres des 15e et 14e siècles : les Montegna, les Alumni, dont je ne peux regarder le Christ conduit au supplice, ou Jésus sur la croix, sans que ces visages en pleurs de Marie-Madeleine, de St.-Jean, de la Vierge, en proie à la douleur la plus navrante et la plus vraie, ne me troublent jusqu'au fond du cœur, et que je ne sente se relever et se raviver en mon âme la foi engourdie ! La peinture re-

ligieuse, artistes!... Croyez ! que votre cœur s'élève vers Dieu !...
Ayez besoin de prier ! et vos personnages, comme ceux de Lesueur,
monteront de terre sans effort !

Il faut noter, pour mémoire, en passant, deux portraits de
M. Jobbé-Duval : l'un d'une certaine dame maigre, pâle, aux traits
décharnés, à la figure allongée, qui se penche en avant et qui pa-
raît vouloir s'élancer sur le spectateur : elle ne représenterait pas
mal la chatte métamorphosée en femme ; l'autre, d'une jeune
blonde qui pose crânement, la tête relevée, comme un capitaine
de grenadiers, pour commander une charge à la baïonnette : ses
cheveux, légèrement roux, crêpés et formant deux petits angles
qui menacent le ciel, lui donnent un air peu rassurant ; on aime
à penser que ces deux dames ne sont ni aussi risibles ni aussi
terribles. Quoi ! toujours du faux ! de l'excessif ! des efforts hors
nature pour produire de l'effet ! Eh ! malheureux ! les artistes qui
m'émeuvent n'en vont pas tant chercher : ils regardent sérieusement ce qui est sous leurs yeux ; ils rendent ce qu'ils voient, la
vérité, et cela suffit !

Une foule compacte se presse autour d'une grande toile :
Derniers honneurs rendus aux comtes de Horn et d'Egmont, par
M. Gallais. Je m'approche, et, par-dessus les épaules de trois ou
quatre rangs de spectateurs, j'aperçois deux têtes coupées, livi-
des, les yeux clos, les traits tirés, reposant l'une près de l'autre
sur un lit de parade ; les deux corps, séparés de ces têtes tranchées
par un ruisseau figé de sang, sont couverts d'un manteau de ve-
lours noir, sur lequel se détache un crucifix d'argent. Tout à
l'entour, les membres de la compagnie du grand Serment se tiennent debout, immobiles, les regards fixés sur ces deux têtes. Je
comprends l'empressement de la foule ; elle est là comme à une
exécution : la foule a toujours aimé la Grève, les gladiateurs, les
combats de taureaux ; il y a, dans l'aspect de la mort sanglante, un
sauvage et poignant attrait qui va à la partie brutale de l'homme.
— Ce tableau ressemble à un drame du boulevard, composé par
un homme qui sait écrire ; l'idée et le plan en sont vulgaires,

l'exécution plus relevée; l'auteur a pris les moyens des faiseurs, mais il les a revêtus d'un style étudié. C'est là la double marque de son œuvre; c'est ce qui explique comment elle obtient à la fois l'engouement de la foule et quelque estime des connaisseurs. Les physionomies graves, fortes, le recueillement senti des personnages, une couleur ardente qui rappelle un peu le cuivre rouge de M. Robert-Fleury, une composition bien ordonnée, dans les principes de l'école de M. Paul Delaroche, voilà pour les artistes; le spectacle violent, voilà pour le gros public. L'auteur n'a pas un talent médiocre, mais il faut qu'il prenne un parti : qu'il continue les scènes à grand tapage, ou qu'il aborde le vrai drame, la tragédie, et ses passions et ses pensées; les épisodes curieux et d'un intérêt de cour d'assises, ou l'histoire instructive et sévère. Par les uns, il aura un succès bruyant et passager; par les autres, il acquèrera une gloire lente et durable : c'est à lui de choisir.

Voici les *Demoiselles de campagnes*, de M. Courbet. (D'autres écriraient : *Jeunes Filles à la campagne;* mais M. Courbet affecte d'employer ces expressions communes pour ne pas parler comme tout le monde.) — Deux petites bandes de rochers partent du milieu du tableau et s'écartent jusqu'aux bords. Ces rochers sont nus, coupés à pic, peu élevés, des sortes de murailles naturelles; l'espace intermédiaire est une petite prairie où coule un maigre ruisseau qui monte et disparaît entre les rochers. Rien que cela. On n'imagine pas de paysage plus laid, plus désert, plus désagréable : c'est un de ces lieux retirés où s'égare parfois quelque chèvre étique à la recherche d'un brin d'herbe. Cependant, c'est ce vallon, — car c'est un vallon — qu'ont choisi trois *Demoiselles de campagne* pour se promener. Elles y rencontrent une petite mendiante à qui elles font l'aumône; la mendiante n'est pas belle; elle est habillée de haillons, c'est trop juste; mais les demoiselles! mon Dieu! que l'on comprend bien qu'elles aient recherché ce lieu solitaire! Elles sont si peu jolies, si disgracieuses, d'un air si commun, si mal habillées, qu'elles ne doivent désirer rencontrer personne! A coup sûr, M. Courbet est malheureux de ne connaî-

tre pas de plus jolies jeunes filles ! A côté d'elles est un petit chien
blanc, la queue relevée, sur qui l'on s'arrêterait peut-être avec
quelque charme, n'était une certaine vache contre laquelle il a
l'air de se fâcher et qui est si mal en perspective, qu'elle est presque aussi petite que lui. Rien de risible comme ce petit chien
vis-à-vis de cette petite vache, sans doute venue de Lilliput.
Ajoutez que le terrain, d'un joli vert d'ailleurs, est tellement en
pente, par le même dédain de la perspective, que c'est un tour de
force pour les demoiselles, le chien et la vache de s'y tenir debout. Quelques personnes trouvent dans cette bizarre et peu ai-
mable composition des qualités de couleur et de naïveté. Je le
veux bien croire; mais qu'y a-t-il là, je vous prie, pour le cœur,
pour l'esprit ou même pour les yeux? Je ne suis ni touché, ni
instruit, ni amusé. Si c'est pour faire parler de lui à toute force
que M. Courbet suit cette voie, il est satisfait; j'exprime ici le
sentiment général.

En face du bronze de M. Rude : *le Christ en croix, Jean et
Marie*, on se dit tout de suite : Voilà une grande œuvre! Qu'y
a-t-il donc dans ces trois figures, simplement et naturellement
conçues, pour que l'on soit ainsi saisi? Il y a une pensée, et c'est
assez. Oui, c'est une œuvre puissante; mais il faut le dire : cette
pensée, qui me frappe, c'est une pensée humaine, ce n'est pas un
sentiment chrétien. Quand je considère ce saint Jean, doulou-
reux, le visage tourné vers son maître, et laissant échapper un
sanglot à travers ses lèvres entr'ouvertes; — cette mère, la
Vierge, accablée et muette, la tête penchée sous ses voiles, la
main pendante et sans force, le corps tout affaissé sous le poids
de son désespoir; — plus je me reporte de l'un à l'autre, plus
je cherche leurs pensées, et plus je suis obligé de me convaincre
que l'artiste n'est pas un chrétien, mais un philosophe. Non! ils
ne croient pas qu'il est Dieu, celui dont l'agonie vient de finir et
qui est attaché à cet instrument de supplice; ce n'est pas la foi
qui les anime, et leurs cœurs torturés ne sont pas traversés d'un
rayon d'espérance éternelle. Ce que voit ici Marie, c'est le fils

qu'elle perd ; Jean, le maître qui l'a quitté ; tous deux, ils se disent en leur âme : Quoi ! cet homme admirable, dont la vie était pleine de sainteté, et les œuvres de charité, il a été récompensé de ses vertus par la mort ! Mère, je ne reverrai plus mon enfant aimé ; disciple, je n'entendrai plus la parole de celui qui m'enseignait ! — Mais cette résurrection qu'il a promise, mais cette vie nouvelle au bout de trois jours, mais cette divinité qu'il a affirmée ! Jean, Marie, l'avez-vous oublié ? Ah ! vous doutez encore, et, à cette heure, plus que jamais ! La réalité vous étreint ; il est mort ! que reste-t-il de lui ? Rien, que sa doctrine, son souvenir et son amour !

Artiste puissant et penseur, digne par vos grandes qualités de comprendre une censure sévère, je ne vous reprocherai pas quelques fautes de détail dans votre œuvre consciencieuse (la lourdeur des voiles, le mouvement un peu déclamatoire du manteau de saint Jean, la molle rondeur des jambes du Christ). Ces irrégularités, vous les connaissez ; vous saurez les réparer. C'est la foi, la foi, qui manque à votre inspiration énergique. Ah ! vous êtes frappé de la folie raisonneuse de nos temps discuteurs ; vous jugez le Christ comme les philosophes jugent Socrate ou Platon ; vous ne croyez pas en lui ; sa mission, vous l'examinez, vous l'appréciez comme un système ; lui, vous le plaignez comme un martyr de la vérité... Ah ! laissez vos livres, vos sages, votre raison ; lisez les Evangiles d'un cœur simple et paisible : « Ne vous troublez pas, dit Jésus, vous croyez en Dieu ; croyez aussi en moi. » (Saint Jean, xiv, 1.) Et quand vous aurez été touché, quand vous aurez courbé votre raison sous cette parole telle que jamais bouche humaine n'en a prononcé, vous sentirez, vous aussi, *que la vie et la mort de Jésus sont d'un Dieu*, et ce n'est plus votre pensée, c'est votre sentiment qui saura vraiment représenter le fils de Dieu !

M. Meissonnier a trois tableaux, grands comme un *in-octavo* : Ici, un homme qui essaie une épée ; là, deux estafiers, attendant, à une porte, quelqu'un à assassiner ; plus loin, un homme qui écrit. Ces trois tableaux sont, comme tous ceux de M. Meissonnier, exécutés avec une finesse si habile, si minutieuse, qu'on fait à peine attention à la monotonie du ton et à la dureté métallique des vêtements; ces petits personnages sont des marionnettes de bois, bien habillées, mais ils sont gentils et amusants. Aussi, il faut voir la foule des amateurs penchés, la loupe à la main, pour les examiner et s'extasier; chacun se relève en s'écriant : « C'est admirable! » C'est donc là le *summum* de l'art, aujourd'hui! oui! l'art pour l'art! Ces toiles ne disent rien à l'âme et à l'esprit; seulement, elles sont jolies, c'est bien fait; en voilà assez! L'artiste peut continuer ainsi une éternité, il ne se fatiguera pas; il n'a besoin ni de pensée, ni d'invention : Aujourd'hui *un homme qui fume*, demain *une femme qui boit du café*, etc., il ne lui faut que beaucoup de patience et de temps. — Est-ce là l'art? Non! c'est un métier : Est-ce un artiste que j'ai devant moi? Non, un artisan. Si c'était de l'art, ce serait difficile à imiter, car, dans l'art, il y a de la pensée et de la passion, et la pensée et la passion ne s'imitent pas : mais, au contraire, c'est une manière de faire, un procédé; et en l'étudiant avec un peu de soin, on l'apprend et on l'applique; déjà, trois ou quatre jeunes gens l'imitent presque à l'égaler : MM. Fauvelet, Plassan, Chavet; encore un peu de temps, et ils l'auront atteint; nous aurons trois, quatre, dix Meissonnier, mais nous n'aurons pas un artiste de plus.

Le morceau de sculpture qui décèle le plus d'originalité est certainement le groupe de M. Dubray. L'auteur de la statue de *Jeanne Hachette*, inaugurée, l'an dernier, à Beauvais, a représenté un petit amour lutinant un satyre. *Le maître à tous* a saisi, de ses petits doigts, le satyre par la barbe, et l'a, du coup, jeté par terre : Celui-ci, à moitié renversé, accepte gaiement la plaisanterie; les sueurs lui découlent bien du visage, vu que le petit garnement tient bon et tire fort; mais ce n'est qu'un enfant, il faut en rire; d'un seul mouvement de ses gros membres musculeux, il se débarrassera de lui quand il voudra : C'est le dogue jouant avec un jeune chien qui le mordille et abuse de sa faiblesse.

Qu'il prenne garde, pourtant! L'espiègle enfant a une autre force, qu'il dérobe derrière son petit corps fièrement cambré : de son autre main, il brandit un trait acéré qui, s'il le lance, frappera le satyre au cœur et le fera s'avouer vaincu. — Là est la pensée : la matière, quelle que soit sa force, est impuissante contre l'esprit, qui a toujours une arme cachée et secrète. Et la pensée originale est servie par une exécution aussi nouvelle. L'expression de cet être bizarre, le satyre, moitié homme et moitié bouc, est un piquant mélange de gaieté, de douleur et de dédain; là, l'artiste s'est montré savant dans son art et dans l'antiquité : mais, ce qui vaut mieux, l'amour est une création qui lui appartient. Je ne vois plus ici ces amours de convention, éternellement joufflus, qui depuis 2,000 ans, sont dans les yeux et la mémoire de tout le monde. Cet enfant, cet amour est un amour moderne, français, presque parisien. Il n'est point beau d'une beauté matérielle qui, après avoir usé sa jeunesse dans les voluptés, s'abêtira et s'engrossera d'une graisse ignoble; c'est un enfant spirituel, fin, et en qui germe la pensée; son regard profond voit plus loin que son âge; c'est l'amour intelligent et poétique, l'amour qui engendre les grandes choses. Ce groupe, gracieux et frais, ne laisse pas froids ceux qui le regardent; il produit une impression, ce qui est si difficile en sculpture; il n'a pas seulement pour lui la faveur des connaisseurs, mais, suffrage plus rare, il gagne le cœur des poètes et des femmes. On sourit, et en s'en allant on rêve à cette douce image de l'amour qui, en se jouant, renverse les plus forts et menace les plus insensibles.

Par la couleur, par le sujet, par le titre, la *Comédie humaine,* de M. Hamon, appelle l'attention et l'obtient. Au milieu du tableau se dresse le théâtre de *Guignol;* mais la scène est nouvelle : le diable, habillé en guerrier antique, a renversé, du coup de son bâton, le polichinelle romain; et, au haut d'une potence, l'amour païen se balance, suspendu. A l'entour, une bande de petits enfants est assise, bouche béante et émerveillée; mais ce n'est pas là qu'est l'originalité. Des deux côtés se tiennent les grands parents, debout et observateurs ; et ces grands parents, ce sont les poètes, les tragiques, les comiques, les philosophes : *Dante, Eschyle,* et *Montaigne,* et *Homère,* et *Socrate,* et *Diogène,* et tous ceux qui ont pris pour étude et pour sujet de leurs œuvres immortelles l'âme humaine.

Au premier aspect, on se dit : Il y a là une idée. L'étrangeté du tableau est si nette, qu'on ne peut s'empêcher de croire que le peintre n'ait pas eu une idée philosophique ; puis on cherche, et, faut-il l'avouer ? on ne devine pas : c'est un hiéroglyphe, une énigme ; il n'y a pas d'idée. — Ou bien l'auteur a voulu montrer que la vie n'est qu'une comédie, que c'est ainsi que l'ont compris tous les maîtres penseurs, — et, alors, c'est une idée fausse, une idée sceptique. —Quoi ! ils viennent ici, en face de cette bouffonnerie, ces philosophes, le crayon à la main, et ces poètes, le masque tragique devant la figure, comme à l'école de la vie ? Pour eux, passions, actions, sentiments humains n'aboutissent qu'au burlesque ; et l'homme lui-même, sur cette terre, n'est aux mains de Dieu, selon l'expression de Plaute, que comme une balle dont il se joue ! Non ! ils avaient une plus haute idée du but et de l'action de la vie, ces grands hommes qui l'ont peinte sous ses aspects changeants, et en qui l'humanité se personnifie et se reconnaît ; ils avaient trop souffert de ses douleurs pour en rire : cet amusement de venir curieusement regarder, et le sourire aux lèvres, les folies humaines, est réservé à ceux qui ne pensent pas ou qui ne croient plus. Mais ces grands esprits étaient aussi de grands cœurs ; et lors même qu'ils représentent les travers et les vices de l'homme, on sent, sous leur rire, le sentiment de la misère humaine, et une pitié sérieuse et plaintive.

Voilà ce que c'est que de se livrer au vague de la vie : ce jeune homme, qui commence à peindre, ne se doute même pas de ce qu'il faut croire ; il a lu M. *de Balzac* et M. *de Musset ;* il trouve de bon goût de plaisanter et de se moquer ; il est sceptique par légèreté, et tout est léger dans sa peinture : le dessin n'est pas même suffisant ; la couleur, à la surface, ressemble à de la peinture de paravent : pas un muscle des figures n'est déterminé, pas un regard arrêté! Il n'est pourtant pas un esprit vulgaire; mais, — il s'en étonnera peut-être, — s'il veut faire de bonne peinture, de la peinture consciencieuse, il faut qu'il rompe avec ses mauvaises traditions, la vie futile, les lectures faciles : ce n'est que dans le silence, la méditation et la retraite que sa pensée peut se purifier, se fortifier et s'élever.

Quelques-unes des meilleures œuvres du salon se rencontrent dans les genres spéciaux; en général, les peintres de paysages sont ceux qui ont le moins perdu. Le sentiment qui comprend la nature est moins haut, moins puissant que celui des passions de l'homme. Les siècles de foi ne peignent pas la nature; les paysages des tableaux de Raphaël sont à peine indiqués; mais quand on n'a plus rien de certain dans ses croyances, on ne sait plus rien affirmer sur l'homme, on ne peut rendre les mouvements de l'âme, et l'on se rejette sur la nature immobile; on n'est ni chrétien ni païen, on est panthéiste : voilà pourquoi nous avons tant de paysagistes, aujourd'hui.

Le salon possède plusieurs bons paysages : Ceux de M. Flers, vrais, simples, d'un vert naturel et harmonieux; les *côtes de Bretagne*, de M. Thuillier, hérissées de gros rochers gris et arrondis, saisissants par leur masse et la fermeté de leurs contours; le *château de Windsor*, de M. Justin Ouvrié, qui, malgré les premiers plans trop négligés, laisse une impression de grandeur et de force imposante; le *moulin de Montmartre*, de M. Hoguet, d'une agréable couleur; les deux tableaux, surtout, de M. Ziem : à côté d'une *vue de Venise*, où un soleil chaud dore les barques aux voiles latines, la mer éclatante et les blanches façades des monuments pittoresques, groupés au fond du bassin, M. Ziem a représenté un *paysage hollandais*, entrevu dans le crépuscule. Une calme rivière, aux bords plats et déserts, coule lentement dans une campagne basse et étendue; le long de l'eau, quelques arbres peu élevés, et des moulins d'une forme particulière : rien de plus; le soleil est descendu à l'horizon : arbres, moulins, eaux profondes, la nature entière se couvre des teintes brunes du soir;

les derniers rayons de lumière semblent se retirer, par degrés, devant l'ombre envahissante. Tout fait silence, le vent n'agite aucune feuille, la terre se repose ; aucun accident de terrain ne choque et n'arrête la pensée : devant ce paysage paisible et morne, on demeure recueilli et rêveur.

M. Saint-Jean est toujours le maître sans rival, dans la peinture des fleurs ; auprès de ses tableaux, tous les autres paraissent sans éclat et sans fraîcheur : coloris brillant, vérité de dessin, composition pleine de goût, soin exquis dans les détails, il recherche toutes les qualités qui peuvent plaire. On fait cercle devant *son bouquet de fleurs*, qu'une belle jeune fille semble avoir oublié au bord d'un ruisseau aux eaux claires, et d'où va se détacher une rose qu'on voudrait respirer ; le public applaudit et les connaisseurs admirent.

Voulez-vous savoir où mène la recherche du joli et l'oubli de la pensée sérieuse dans l'art ? Regardez les statues de MM. Pradier et Clésinger. Ces licencieux, qui ont si bien réussi à rendre la volupté, sont incapables d'exprimer le beau ; ils ont eu de grands succès par ces œuvres futiles, qu'ils ont mises à la mode ; mais un jour leur conscience se réveille, un vague souvenir de l'idéal les tourmente ; ils sentent qu'ils n'ont rien fait de durable, et ils aspirent à donner une œuvre que les artistes et les penseurs puissent admirer.

Mais — c'est là l'honneur de l'art et le châtiment de ces artistes en qui Dieu avait allumé le foyer du beau, et qui l'ont enfoui sous les cendres des trésors terrestres — ils conçoivent une idée, et ils ne peuvent l'exécuter ; ils en ont l'instinct, la pensée leur manque ; ils savent ce qu'il y a à faire, et ils ne sentent rien des passions qui les devraient animer. Et, ainsi, ils ne produisent rien que de médiocre, et leur œuvre n'est pas médiocre comme les œuvres des élèves qui ne savent pas ; ceux-là peuvent apprendre ; c'est bien pis, c'est la médiocrité de la décadence ; ils n'ont plus la sève de la vie, la moëlle de la pensée; ils en sont réduits à revenir à leurs petites figurines d'étalage, à leurs lascives bayadères, à leurs courtisanes impures.

M. Pradier a passé sa vie à modeler des Flore et des nymphes; il s'attaque à une puissante idée : *Sapho*, dégoutée de la vie et méditant la mort, au bord des flots où elle va s'élancer. Il ne produit qu'une femme fortement contrariée, la tête penchée sur sa poitrine, les jambes croisées l'une sur l'autre, et présentant les plus ridicules aspects; à la voir saisir son genou des deux mains, on dirait qu'elle cherche à se casser la jambe; l'artiste a voulu faire la tête méditative, il la faite dure. On reste devant cette femme sans être ému. Qu'elle se tue, qu'elle ne se tue pas, cela inquiète peu le spectateur; elle-même n'a pas l'air d'y songer bien sérieusement.

La Tragédie, de M. Clésinger, est également manquée, et l'on doit s'en féliciter pour l'art lui-même. Que serait donc l'art, et quelle opinion faudrait-il avoir des artistes, si le sculpteur qui, d'un ciseau habile et libidineux, représente une bacchante effrénée se tordant de volupté, pouvait, avec la même facilité et la même supériorité, rendre les plus nobles impressions et les sentiments les plus élevés? Mais non! il leur est défendu, à ces adroits tailleurs de marbre, dont la pensée s'est complue à carresser, et la main à exprimer les basses passions et les instincts brutaux, de remonter aux régions sereines! Ils ont beau, pour peindre la Tragédie, choisir le type noble et dramatique de Mlle Rachel; — au lieu de la distinction, ils ne donnent que l'étrangeté; au lieu de la puissance, la dureté; au lieu de l'émotion intérieure, la colère déplaisante. Ils perdent même de leurs qualités ordinaires; se sentant mal à l'aise dans cette noblesse qu'il faut feindre et cette dignité d'emprunt, ils torturent leur modèle sans s'en apercevoir; ils laissent glisser leurs draperies sur des bras faussés; ils alourdissent la robe sur une jambe absente; ils posent une petite tête disproportionnée sur un long corps : voilà la *Tragédie* de M. Clésinger!

Nous tous, à cette heure, reconnaissons notre œuvre : c'est

nous, par le triomphe que nous avons donné à sa *Bacchante* de 1847, qui avons inspiré l'artiste, qui lui avons soufflé notre esprit, et énervé son génie.

Le groupe de bronze de M. Barye : *Un Jaguar dévorant un lapin*, est digne du talent et de la réputation du sculpteur. Le jaguar a saisi un lapin, et le tient entre ses dents : la pauvre petite victime a les reins brisés, elle n'est pas morte, elle expire, la vie s'éteint ; on le voit à ses pattes détendues, frissonnant des douleurs de son agonie. L'animal sauvage, au contraire, est plein de vigueur et d'animation : raidi sur ses deux pattes de derrière, fortement allongées, tandis que celles de devant se crispent sur un rocher, il est arrêté, on dirait qu'il va s'élancer encore. C'est bien en bondissant qu'il a saisi sa proie : la peau est toute tendue, les muscles saillants, les oreilles raides ; mouvement, vie, expression, tout s'y trouve. A le regarder, on se sent animé.

Il existe deux peintres du nom de Duvau : l'un, Jules Duvau, excellent élève de Charlet et peintre de batailles, plein de feu et de sincérité, avait exposé, l'an dernier, *la prise de la Haie Sainte*, qui fut achetée par M. le comte de Chambord. Il n'a pas exposé, cette année. Le tableau qu'il préparait : *Une halte militaire*, n'a été terminé qu'après l'ouverture du Salon, et a été acquis par le prince Louis-Napoléon ; — l'autre, Louis Duvau, est l'auteur de *la peste d'Ellian*, qui produisit une assez vive sensation en 1849. Celui-ci affectionne les scènes de désolation : son tableau représente *une famille de pêcheurs bretons naufragés*. Dix ou douze pauvres marins et deux femmes ont été jetés, par la tempête, sur un de ces rochers que l'on rencontre sur les côtes de l'Armorique, nus, âpres, et qui semblent avoir été détachés de la chaîne et lancés au milieu de la mer par la main d'un géant. Les uns sont étendus, brisés de fatigue et de souffrance ; d'autres, penchés sur les aspérités du récif, cherchent avidement au loin, une voile absente ; un autre, assis, solitaire, à l'extrémité du roc, la tête dans ses mains, regarde vaguement devant lui, sans idée et sans voir. C'est un drame qui, outre qu'il a le tort de trop rappeler le *Radeau de la Méduse*, comme idée, ensemble et détails, ressemble à ces pièces émouvantes que l'on jouait, il y a quinze ans, sur les boulevards. Les effets sont forcés pour produire l'émotion, ce n'est pas le cœur qui est touché, mais les nerfs qui sont ébranlés; l'auteur a voulu saisir par un aspect terrifiant, et tous ces personnages sont couverts d'une teinte cadavéreuse uniforme : mourants, forts et faibles, tous sentent le cimetière; de là, absence de recherches sérieuses et de vérité dans les détails; la plupart des acteurs posent académiquement; une femme est étendue en avant, à moitié nue, et à côté de ces paysans bretons à la grande chevelure flottante, à la veste longue, aux gros souliers ferrés, je ne peux reconnaître la femme du pêcheur dans cette courtisane dont le sein est découvert et les vêtements d'une couleur élégante. On a le droit d'être sévère pour M. Duvau, il est doué d'un véritable talent; mais il est encore sous le coup d'une mauvaise école, qui lui a appris à exagérer ses efforts. Eh! restez simples, jeunes gens! ne peignez que lorsque vous aurez un sentiment, et, tout naturellement, vous frapperez juste et fort.

On a fait à M. Chassériau une rapide réputation. M. Théophile Gautier, qui est un élève en littérature, et qui n'existerait pas si M. Victor Hugo n'eût vécu, s'est tout de suite épris de M. Chassériau, élève aussi en peinture, et qui ne serait rien sans M. E. Delacroix. Ces deux imitateurs se sont compris. Le résultat de dix années de réclames et d'éloges exagérés est qu'aujourd'hui M. Chassériau n'a pas fait un pas dans le progrès. Il a exposé un *Combat de deux chefs arabes;* le premier, du haut de la berge d'un torrent, brandit sa lance contre le second, qui s'efforce de faire franchir le torrent à son cheval. Il y avait là place pour la passion; mais le peintre, qui n'a que du métier et ce qu'on appelle dans l'école *des ficelles,* ne pouvait représenter ce qu'il ne sentait pas; il a voulu, du moins, simuler l'emportement, et, comme tous ceux qui ne sentent pas, il n'est arrivé qu'à l'exagération; ce n'est pas la tragédie, c'est le mélodrame. Les figures des deux bédouins ne sont pas colère; mais le burnous de l'un d'eux s'est hérissé comme une crinière de cheval : c'est le capuchon qui semble en fureur. Il faut ajouter aussi que les chevaux ne sont pas dans leur état naturel ; l'un a passé presque au cramoisi ; l'autre a pâli à en devenir violet ; il le fallait bien, M. Eug. Delacroix a inventé les chevaux violets et cramoisis. M. Delacroix fait aussi des ciels déchirés et furibonds ; le ciel de M. Chassériau est déchiré et furibond : *Imitatores servum pecus.* Quand au dessin, il est de bon goût de n'en point parler, quand il s'agit de M. Delacroix et de M. Chassériau. On ne peut cependant ne pas signaler le déplorable état où est tombé le cheval cramoisi. Cette pauvre bête est bien malade ; pas un muscle n'est à sa place, et ses jambes sont tellement tortillées et ziz-zaguées, qu'on se demande comment il peut marcher.

Puisque j'en suis aux réputations exagérées, je veux dire une bonne fois, et d'un seul coup, la vérité à plusieurs. Ce n'est pas le talent qui manque en notre temps ; c'est la direction du talent. Depuis vingt ans, le manque de critique a laissé se fourvoyer une foule de jeunes artistes qui avaient heureusement débuté. Ils montraient quelques belles qualités ; il fallait les encourager, en leur indiquant ce qui leur manquait encore. On s'est extasié aussitôt ; sans plus attendre, on les a appelés des maîtres : ces jeunes gens ont cru être déjà arrivés ; ils n'ont plus cherché à avancer ; ils n'ont plus fait de progrès, et quand on ne fait plus de progrès dans les arts, on recule. Leurs qualités sont devenues stationnaires, mais leurs défauts ont grandi. Le public bientôt a connu par cœur leurs procédés, et est devenu froid pour eux ; alors, ils se sont regimbés, et, pour lui prouver qu'il avait tort, ils l'ont bravé, ils ont exagéré leurs défauts, ils l'ont voulu forcer à admirer les plus excentriques bizarreries de leur médiocrité vaniteuse et les essais les plus relâchés de leur paresse sans idée. Plût à Dieu qu'il se fût trouvé, en littérature et dans les arts, un critique d'une sincérité brutale, qui eût mis chacun à sa place : les maîtres sur la chaire, et les élèves sur les bancs. Nous ne serions pas attristés par le spectacle de cette atonie prématurée d'une génération qui s'était montrée si généreuse et si pleine de sève à son début. Le temps où nous nous trouvons est un temps de calme, propre aux études et aux consciencieux travaux : ces artistes, abusés, peuvent encore le mettre à profit et se relever. S'ils ne le comprennent pas, ils sont perdus, et ils ne serviront que comme un exemple à leurs jeunes rivaux, qui, déjà, les dédaignent et bientôt les condamneront.

Ainsi, et pour appliquer ces réflexions sur des noms, voici une demi-douzaine d'artistes, dont les premiers tableaux avaient mérité d'être distingués, et qui, énivrés par des éloges dénués de critique, ont déjà compromis leur talent. L'un, M. Yvon, était revenu de Russie avec des études consciencieuses, dont on loua avec justice le dessin large et pur. Il lui fallait encore étudier la composition, l'art difficile et patient de rassembler toutes les parties d'une seule pensée dans une action unique. Il a cru n'avoir plus rien à apprendre, et il a tenté aussitôt de colossales entreprises, des tableaux de 30 pieds, comme sa *Bataille russe* de l'an dernier, indigeste mélange de chevaux et de soldats, sans unité. Il n'a pas obtenu de succès dans le genre historique, il aborde aujourd'hui le genre religieux : son *Ange déchu* est un pauvre homme qui a quelques débris d'ailes attachées aux épaules, et qui est piteusement assis sur une pierre. On se demande ce qu'il fait là ; sur son visage, nulle trace de cette splendeur originelle du satan du poète, « vaincu, tombé, mais en qui l'on retrouve l'archange » (Milton). Le dessin même est incorrect, les épaules sont mal emmanchées. Ce jeune homme a prétendu trop haut ; il exécute avant qu'ait germé la pensée ou tressailli le sentiment. « Qu'il sache donc, a dit Grétry, qu'il faut à l'artiste la tête d'un homme et le cœur d'une femme. »

Un autre, M. *Couture*, avait obtenu une éclatante ovation par son tableau de la *Décadence romaine*, où, entre autres qualités, on avait été frappé de l'agréable originalité du coloris ; maintenant, il nous donne des portraits plaqués, jaspés, agathiséss où le sang a l'air de se congeler par plaques et de former un miroir sous la peau.

Un troisième, M. *Hébert*, auteur du beau tableau de *la Malaria*,

ayant vu vanter dans sa composition une certain ton mélancoli-
que, place ses portraits de femmes dans une ombre jaune et am-
brée, où le personnage, vaguement deviné, semble s'enfoncer
comme une apparition fantastique. Celui-ci, *M. Français,* paysagiste habile et facile, veut prouver que sa facilité est plus grande
encore qu'on ne s'imagine, et, dans sa *Coupe de bois,* il ne se
donne même pas la peine de dessiner nettement ses arbres; les
clairs ou les ombres sont jetés au hasard sur les rameaux cassés;
on cherche à quel arbre appartient telle branche : un bouleau
sort hardiment du tronc d'un chêne. Celui-là, paysagiste aussi,
M. Corot, sait répandre, sur les forêts profondes, sur les eaux
calmes et transparentes, ombragées d'arbres penchants, un charme
doux et rêveur. Il était poète, il fallait chercher à devenir peintre.
Il a jugé que c'était assez d'une qualité, il n'a pas voulu apprendre
à faire des lignes droites. Son *Port de La Rochelle* est entouré de
maisons et de tours dont pas une ne se tient debout; elles pen-
chent toutes à droite et à gauche; on les croirait secouées par un
tremblement de terre, et dansant en rond, en trébuchant autour
du bassin. Cet autre, plus jeune, *M. Bonvin,* avait exposé, l'an
dernier, une *Ecole de petites filles* mal dessinées, mais où l'on ai-
mait à trouver un sentiment naïf qui faisait sourire. Il a peint,
cette fois, une *Distribution d'aumônes* où le sentiment est moindre
que dans son premier tableau, et où le dessin est encore plus in-
suffisant : pas une main n'est arrêtée. Le public a admiré une
peinture à demi faite, l'artiste le sert à souhait; il se contente de
l'à peu près. Enfin, il n'est pas jusqu'aux plus petits, aux débu-
tants, à des enfants que l'on devrait respecter, *Maxima pueris de-*
betur reverentia, que la camaraderie va contribuer à égarer par
une coupable condescendance et des encouragements prématurés.
Ne voilà-t-il pas qu'on a permis à *M. Maurice Sand* d'exposer
une de ses ébauches d'atelier ! Le pauvre enfant en est encore à
dessiner le modèle vivant; il ne connaît rien encore aux effets
d'ombre et de lumière, à la couleur, à la composition. Il appren-
dra tout cela, et, dans quelques années, il sera peut-être un jeune
homme dont on dira qu'il promet. Mais non ! il s'appelle Sand :

vite! montrons un peu une œuvre de M. Sand! Hélas! le public
l'a vue, cette œuvre, et l'on ne saurait dire l'hilarité qu'excite ce
groupe d'un noir d'encre, composé d'un être sans forme, monté
sur un animal dont on ne saurait déterminer l'espèce, et qui s'appelle *La Chasse au Héron*. Si les amis de Mme Sand lui veulent
être vraiment utiles, qu'ils refusent impitoyablement, pendant
cinq ans de suite, les essais de M. Maurice; sinon, il sera en
peinture, à M. Chassériau, ce que M. Gaiffe, en littérature, est à
M. Vacquerie.

Quand un artiste d'un talent aussi réel que M. Horace Vernet expose une grande composition comme la *Prise de Rome*,
quelle que soit l'erreur où il soit tombé, il a droit d'être séparé
de la foule : il a acquis ce privilége par ses grands travaux, son
nom illustre et les œuvres puissantes qui lui ont fait une juste réputation. Et cependant la *Prise de Rome* est inférieure à ce que
l'on devait attendre de lui. Cette vaste toile, couverte d'une teinte
bleue uniforme, de haut en bas, de long en large, a l'aspect d'un
décor de la Porte-Saint-Martin. Les vingt épisodes, parfois dra-
matiques, souvent spirituels, que rien ne semble relier, laissent
froid l'observateur, qui ne comprend pas leur unité. Ce tableau
manque d'une qualité première : le charme; il ne plaît pas. La
cause de cet échec, M. Horace Vernet la doit connaître lui-même;
il est l'Alexandre Dumas de la peinture : doué d'une facilité sans
exemple depuis Rubens, il excelle dans la mise en scène, dans la
science de la stratégie. De même que personne mieux que le poète ne dispose ses acteurs, ne les fait entrer et sortir, nul ne sait
mieux que M. Horace Vernet étendre une armée en ligne, la faire
manœuvrer, marcher par bataillons; mais à l'un et à l'autre l'ensemble suffit : pas de détails, pas de caractères étudiés, pas de
types. Et quand la facilité croît, quand on ne sait plus qu'imagi-
ner sans penser, sans attendre le démon, le dramatique et la passion s'en vont, et aussi l'élévation; on fait sourire, on n'émeut
plus; ce qui se développe, c'est l'esprit, et l'esprit est une qualité
secondaire : veut-on juger si un homme a perdu, qu'on regarde

s'il a gagné de l'esprit. Les puissantes facultés que M. Horace Vernet a dépensées avec tant de prodigalité, le public ne peut pourtant croire qu'elles soient éteintes; cette riche sève, qui anima trois artistes dans sa famille, n'est pas épuisée : qu'il le veuille encore, qu'il repousse les toiles gigantesques qu'on lui commande de peindre à la toise et à la journée, et il pourra laisser encore une de ces œuvres telles que les conçut sa jeunesse, que les artistes estimeront et la postérité reconnaîtra.

Il est plusieurs artistes dont la réputation s'est fondée sur des œuvres de valeur, et qui continuent à la soutenir par de bons ouvrages. Tout a été dit depuis long-temps sur leur mérite : je ne pourrais que répéter. Puis, le public de France est comme celui d'Athènes; il se fatigue d'entendre constamment appeler Aristide Le Juste. Cependant, il y aurait iniquité à ne pas mentionner au moins leurs noms avec éloges : ainsi, l'*Épisode de la Retraite de Russie* nous remet encore une fois devant les yeux ces héroïques grogards devinés par Charlet et perpétués par M. Bellanger. Il y a là, au milieu des morts et des blessés, debout et un pistolet à la main, un grenadier épique, comme parle le poète, d'une si inébranlable attitude, qu'on comprend que l'Europe ait été vaincue par de tels soldats.

M. Pérignon, par une généreuse inspiration digne des plus grands encouragements, a abandonné ses portraits léchés de belles dames qu'on lui payait 6,000 fr. pièce, pour peindre une étude de *Paysanne italienne*, du caractère le plus noble, le plus distingué, et dont le doux et pensif regard décèle une de ces riches natures du Midi, où les arts sont comme un produit du sol. Les *petits Paysans bretons*, de M. Luminais, qui, la pointe de fer à la main, fouillent à travers les rochers pour chercher des crabes et des homards, prouvent que la réalité la plus vraie peut s'allier à un charme poétique.

Le tableau de M. Sorieul : *Marceau, au Mans*, malgré une couleur un peu violette, témoigne d'études sérieuses de la composition et d'un sentiment susceptible d'émouvoir, quand l'artiste choisira un sujet dramatique et moins confus dans les détails. On reconnaît, dans le paysage de M. Flandrin, *un Coteau* revêtu de grands arbres, la continuiét d'efforts de l'artiste savant, et sa préoccupation à composer, avec largeur, suivant les grandes traditions de la bonne école.

M. Jeanron, dans ses *Pêcheurs au bord de la mer*, arrive aussi à des effets vrais, par des moyens simples et sans charlatanisme.

A côté de *Taureaux luttant*, peints avec une énergie, une fermeté et une vérité colorée, M. Coignard a représenté des vaches couchées dans une verte prairie; affaissées sous le poids du Midi, elles se reposent en ruminant. L'air chaud circule sous les arbres, et la nature respire en ce silence solennel et vivant que sait peindre dans ses vers émus Lacaussade, le poète des tropiques. M. Coignard ne fait pas regretter l'absence de Mlle Rosa Bonheur.

Parmi les nombreuses mignatures qui se pressent dans une salle étroite, le *portrait du marquis de* ***, par M. de Fontenay, rend avec une spirituelle habileté le type de ces têtes du Nord, où un sang pâle colore à peine une figure fine et distinguée; le soin de la touche et la correction du dessin relèvent encore le caractère de la physionomie, qui révèle la race et l'habitude du commandement.

Enfin, dans la sculpture, avec le *buste d'un chef d'institution*, par M. Cavelier, l'auteur de la belle statue de *Pénélope*, d'un dessin senti et animé, et celui du *prince Louis-Napoléon*, par M. Barre, énergique et ferme, les gens du monde, les artistes, les amateurs estiment et admirent particulièrement les trois bustes, par M. Paul Gayrard, de : *Madame la duchesse de Brissac, Madame la marquise de Las Marismas et de Mademoiselle Cerrito.* Figurez-vous des portraits vivants, expressifs ; ce n'est plus le marbre froid et rigide : il s'est assoupli, la physionomie s'est éclairée ; ces charmantes et gracieuses femmes sourient sans effort, elles sont agréables et fines, elles sont jolies et spirituelles, on aimerait à les connaître. M. Paul Gayrard va devenir le portraitiste des femmes intelligentes et des femmes de la bonne compagnie.

J'ai essayé de donner une idée à peu près complète des princi-
pales œuvres de l'exposition ; il faut se résumer. L'art, aussi bien
que la littérature, est l'expression de la société. Sous Louis XIV,
le dessin est pur, exact, correct, le style noble, la composition
savante et bien ordonnée, la couleur belle et vraie sans recherche.
L'art a toutes les qualités de raison, de sentiment élevé, de dignité, de grandeur de la société la mieux réglée qui fût jamais.
Au 18e siècle, avec les petits soupers, les philosophes, les athées,
les roués et les courtisanes, naît l'art mou, coquet et faux ; le
dessin est relâché, les contours voluptueusement gracieux, la
couleur prétentieuse ; ce n'est plus le beau, c'est le joli. La société, qui se perd en riant, ne veut plus admirer, mais s'amuser ;
l'art est folâtre. La révolution se prépare, Rousseau est son pro-
phète ; il prêche l'admiration pour l'antiquité : la société s'en-
goue de ce monde détruit, sans le comprendre et le bien connaître. La République fait du pastiche de lois et d'institutions,
l'art se fait l'imitateur de l'antiquité, les bergères enrubannées
disparaissent pour laisser la place aux Léonidas combattant tout
nus. Les batailles de Lebrun avaient un air de majesté, ses héros
semblaient porter perruque comme sous Louis XIV : l'art, sous
l'Empire, sent l'âpreté et le convenu. De même, en tous temps
et en tous les pays : l'art est mystique dans la rêveuse Alle-
magne, réaliste dans l'Angleterre marchande, de détails minu-
tieux dans la soigneuse Flandre, éclatant, riche et coloré dans la
chaude Italie, sombre dans l'Espagne fanatique. Ainsi encore,
dans les trente années qui viennent de s'écouler, tour à tour on
a vu l'art, sous la Restauration, suivre des voies plus pures, plus
vraies et plus droites ; ainsi que la royauté, après tant d'orages,
il semblait chercher à s'asseoir. C'est le temps des grandes
œuvres du peintre le plus savant dans la ligne que la France ait
produit depuis Lebrun. Juillet 1830 arrive, tout est remis en
question : la débâcle sociale se prépare ; tout craque, nul ne sait
où il doit aller, et chacun court sans pensée, livré à sa fantaisie.
Les écoles se combattent et se croisent ; les talents éminents se
dispersent en des œuvres incomplètes : c'est l'anarchie. Cepen-

dant, la monarchie d'Orléans continue son action ; elle développe les instincts matériels, et aussitôt l'art se fait plus sensualiste ; on vante la couleur, on ne recherche que la couleur, car, de toutes les qualités de l'art, la couleur est la plus matérielle : on devient habile dans les moyens, on perd toute inspiration. Si ce règne eût encore duré trente ans, l'école française était perdue à jamais ; le peintres de 1870 n'auraient pas su dessiner. Le salon de cette année est une des dernières productions de cette époque corruptrice.

Aujourd'hui, la société commence à se reconstituer par les principes du respect et de l'autorité ; les effets dans l'art ne s'en feront pas attendre. On va voir, avant peu, se relever les études sérieuses, et sans prétendre préjuger les conseils divins, il est permis de croire qu'une phase nouvelle va s'ouvrir pour l'art, et qu'un avenir digne de son passé lui est réservé.

Et, pour terminer, quelques mots aux artistes :

Des artistes, les uns se préoccupent du public, et ils font de jolis ouvrages ; d'autres, de leurs confrères, et ils font de bons ouvrages ; d'autres, de l'art lui-même, et ils font de beaux ouvrages. La plus basse préoccupation est celle du public ; on cherche à flatter ses goûts, et presque toujours, ce qui est à la mode est mauvais. C'est gagner déjà, mais ce n'est encore que d'un génie médiocre, que s'inquiéter de ce que penseront les artistes de son œuvre. Les artistes sont systématiques, et, si l'on veut plaire à tous, sans les blesser, en passant la pierre ponce sur ses défauts, on la passe aussi sur ses qualités. Mais l'artiste véritable ne pense qu'à son œuvre ; il en vit, il en est impressionné, il en est passionné ; il la voit en toutes ses parties, il la sent respirer, il se l'assimile ; et, pour s'assimiler, il faut aimer, et c'est l'amour seul qui crée. Ainsi, il trouve toutes les ressources qui la rendent expressive, animée ; il ne se satisfait pas de l'a peu près, il l'approfondit ; il demande à l'art tout ce qu'il peut donner pour que sa pensée ressorte nette et saisissante, et il atteint le plus haut résultat auquel on puisse aspirer : ayant pensé, il fait penser, ému, il émeut, passionné, il passionne ; il y a de l'humain, dans ce qu'il a fait, l'homme s'y retrouve, et, s'y retrouvant, il revient sur lui-même, il s'élève et s'améliore; car nul livre ne nous instruit plus que notre propre cœur, ne fait plus voir la faiblesse humaine, et ne reporte plus à la source éternelle, à Dieu. Voilà pourquoi l'art est tant prisé dans le monde, pourquoi il excite tant l'admiration et l'enthousiasme, pourquoi on l'appelle *Divin;* il moralise par le beau, et le vrai beau est ce qui parle à l'âme.